野呂昶 詩集

森のなかで　すきとおる

わたしのすべては　あなたに

— もくじ —

森のなかで　すきとおる

— もくじ —

いのちの清流

茗荷(みょうが)の花

— もくじ —

カット　福島一二三

森のなかで　すきとおる

わたしのすべては　あなたに

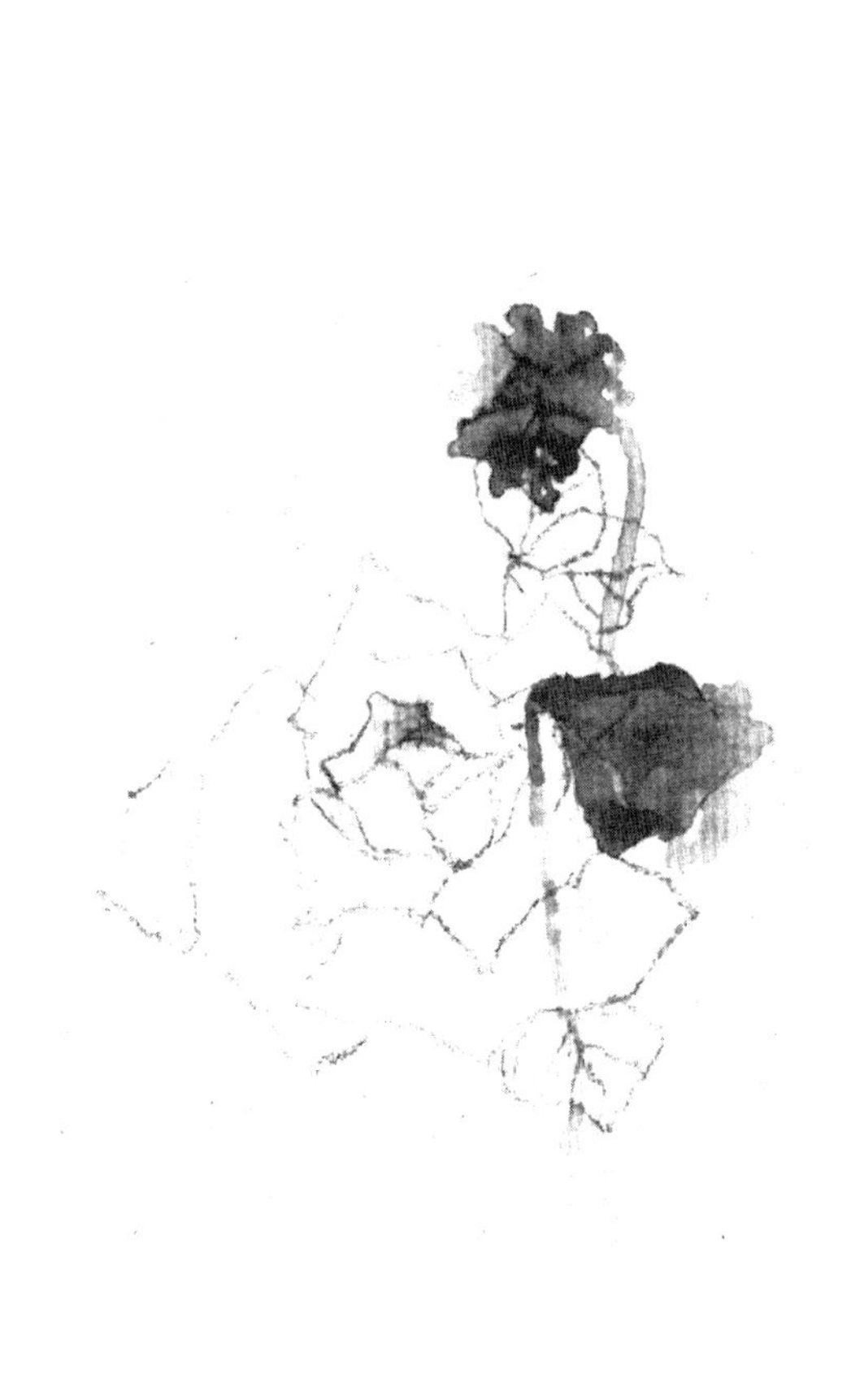

わたしのすべては　あなたに

わたしは　はな
あなたのなかでさく　はな
いのちのよろこび　かなしみを
はなのなかに　ひそめ

あなたのこころのにわで
さきつづける
いのちあるかぎり
わたしのすべては　あなたに
わたしは　はな

はるしおん

野辺に　はるしおんの花が咲いた
ほほを　うっすらと　紅色にそめ
はじらいを　ひそめて

冬の風
雨にたえ
必死に生きてきたことなど
忘れてしまったように

どこまでも　やさしく
やさしさのほかには
なんにも　ないかのように

もも

おおらかに
ゆったりと
まるく
みつをたたえ

うちから
みちてくるものに
ときめき

べににそまり

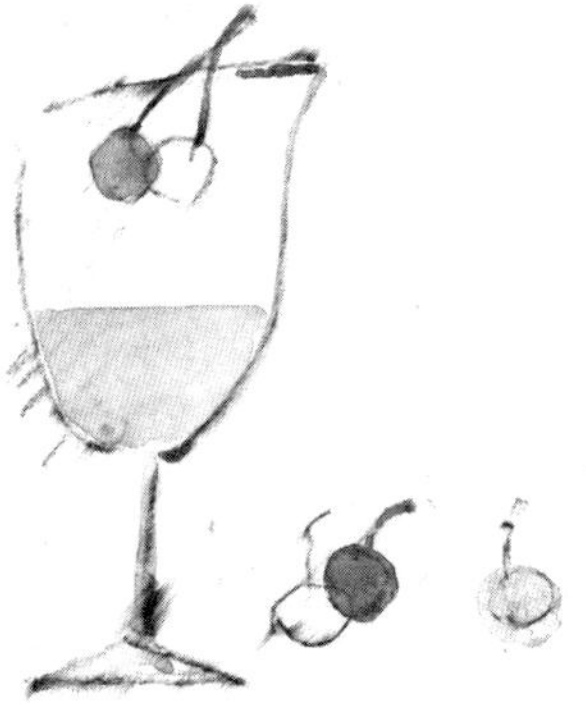
M. Fukushima

ほうずき

それは　ひみつ
だれにも　しらさず
こころのおくに
ひそめておいた
それなのに
あなたを　おもうたびに
あからんでいく
あからんで　うれていく

水仙

早春の朝
天女が降り立って
水仙のつぼみの　一つ一つに
手をかざしていく

つぎつぎ花開く水仙
かおりからは　天の音楽が流れ出る
寒風に凍てついた心に

生きなやむ旅人の心に
初恋にときめく　若者の心に
調べは　やさしく深く　しみこんでいく

早春の朝は　まだ寒く痛い
水仙の花々が　いっせいに空を仰ぐ
天女の羽衣が　霞と雲の間で
見えかくれしている

いわかがみ

渓流の岩場のかげに
身をひそめて咲く　いわかがみ
耳をすますと
かすかな　かすかな　うた声
はじらいと　ほほえみを　たたえた
うた声

谷間にこだまする　沢鳴りのなかで
そこだけ静かだ
聞こえないほどに　かすかに
沢鳴りに　とけいり
いのちのうたが

森のなかで　すきとおる

木（こ）の葉は　木のことば

木は耳をすませている
どんな小さな音も　聞きもらすまいと
木（こ）の葉が散っている
一枚　また一枚と
そのかすかな葉音のなかにも
楽しかった日の　いのちの輝きが
ひめられている

葉は太陽や月　風や雨との会話を
木の幹に　たくわえる
木の葉は　木のことば
大空に枝葉を広げ
いのちのよろこびを集める

森のなかで　すきとおる

白樺の並木の金のきらめきのなか
風が渡っていく
あなたとわたしの　よろこびが
輝きながら　木々の梢に降りかかる

あなたが先をかけ
わたしが　うしろを追いかける
わたしが先をかけ
あなたが　うしろを追いかける
なにがおかしいのか　あなたが笑う　笑う
わたしも笑う
足元で　光の金がほのおをあげ
笑い声が　木々の緑のなかで
すきとおる

そっと

しずかな森に囲まれて
そっと
あたたかい日ざしのもとで
そっと
畑の野菜たちのもとで
そっと
大好きな人のもとで
そっと
だれのじゃまにもならないように
そっと

冬の朝

東の空から　朝日が姿を見せると
凍った空が　すこしずつ　とけはじめ
空の中から　森が
森の中から　小鳥たちが
ぶるんと　みぶるいして
「おはよう」「おはよう」
声をかけあう

遠くの山々も
べに色の光の中から　うかびあがり
「おはよう」「おはよう」
声をかけあう

木のうろからは　リスの親子が顔をのぞかせ
雪の丘では　子うさぎたちが絵をかいている
りんとはりつめた　寒気のなか
空も山も森も　そこに住む生きものたちも
たがいに声をかけあいながら
あけていく

じゃリ道

じゃリ道を歩く
ザック　ザック　ザック
音の中で
わたしのいのちが　立ちあがる
石の一つ一つが　立ちあがる
わたしのいのちと　石のいのちが
一つになって
立ちあがる

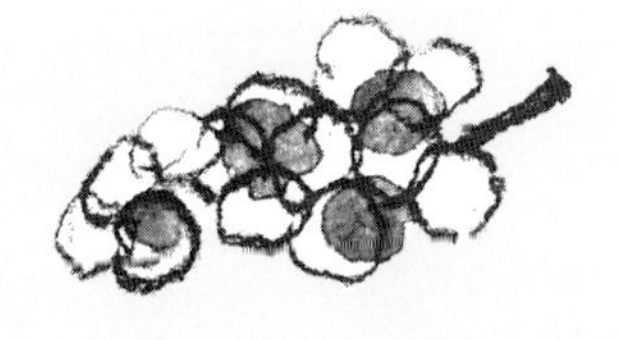

レモンの風

レモンを口にふくむと
かすかな　かすかな
レモンの風

レモンに　ほほよせると
かすかに　かすかに
香りの鈴の音(ね)

いのちの清流

雪の下

いつも重い荷物を背負って
歩いてきた
さげずみや　貧しさ　親しい人との別れ
この世の哀しみは　すべて味わった
それらにも　ようやく慣れて
今　荷が軽くなった

哀しみや淋しささえ
すきとおり　光となった

もう　苦しみに耐えてきたことなど
あとかたもない

五月　若葉の季節
森の緑と　谷川の瀬音の上で
雪よりも白く　咲いている

黒百合

黒百合は　あまりに哀しい
陽の光をおそれ
首をたれて　夜の訪れを待っている
陽が眠ると
花はあつく燃え
あまい香りの吐息をつき
ふるえ泣く
けれども　その姿は　だれにも見えない
深い夜に沈み
ただ影だけが燃えている

いのちの清流

わたしのいのちは　愛から生まれた
愛は　さらに新しいいのちを生み出し
未来へつづく
いのちの清流
わたしの中に　すべての祖先のいのちがある

青空のもと　どこまでもつづく山並
その谷間を　清流がしぶきをあげ

日の光に　きらめきながら
山をくだり　野をうるおし
海へと流れていく

わたしのいのちも　また
新しい朝の光に　きらめきながら
明日へと　流れていく

くちなしの実

いちめんの雪景色の中で
くちなしの実だけが赤い
今は亡き友が　贈ってくれた
くちなしの木
いく度か枯れかけては
よみがえった

私はこの実を見るたびに思う
友のすずやかな笑顔を

あまりに純粋だった生き方を
苦しみだけを栄養に
三十年の人生をかけぬけた

やさしく薫(かお)る　くちなしの花
よごれを寄せつけない　純白の花
この花から　こんなに明るい実がなった

眠りの小径

眠りの小径をさまよいながら
私は　ときどき
小さな子どもだったころに　戻っていく

縁先に木もれ日が　ちろちろと燃え
母の声がしている
私をあやす声や　子守歌が
むかしむかしと　昔話をしてくれた
あのやさしい声と　まなざし

れんげ畑を手をつないで
どこまでもかけ
笑い声が　青空にひびいていた

あれからもう六十年
私の眠りの小径は　今もそのままで
小鳥のさえずりと
谷川のせせらぎの音がしている

案山子（かかし）

山の荒れ田に　忘れられた案山子
風にさらされ
雨にたたかれ
着物は　ぼろぼろに破れてしまった
へのへのもへじ　と描かれた顔だけは
まだ　しっかりと　空をにらんでいる
もう守るものは　なにもない
ときどき　トンボや小鳥たちが
とまって休んでいく

案山子は　ひとりぼっちだった
青い空に夢を描き
心はずませたこともあった
淋しさに耐えられず
おーおーと　泣いたこともあった
でも　もう今は
ひとりぼっちの淋しさも
自分がそこにいることさえも
忘れてしまった

空に顔を向けてはいても
何も見ていない

茗荷の花

大雪

はるか天空から雪が
しんしんしんしん
しんしんしんしん

大気を凍らせ
大地を凍らせ
しんしんしんしん
しんしんしんしん

たえまなく
すきまなく
しんしんしんしん
しんしんしんしん

鳥たちや　けものたちは　どうしているのだろう
しんしんしんしん
しんしんしんしん

さきほどまで見えていた　白樺の林が
もう見えない

ふくろう

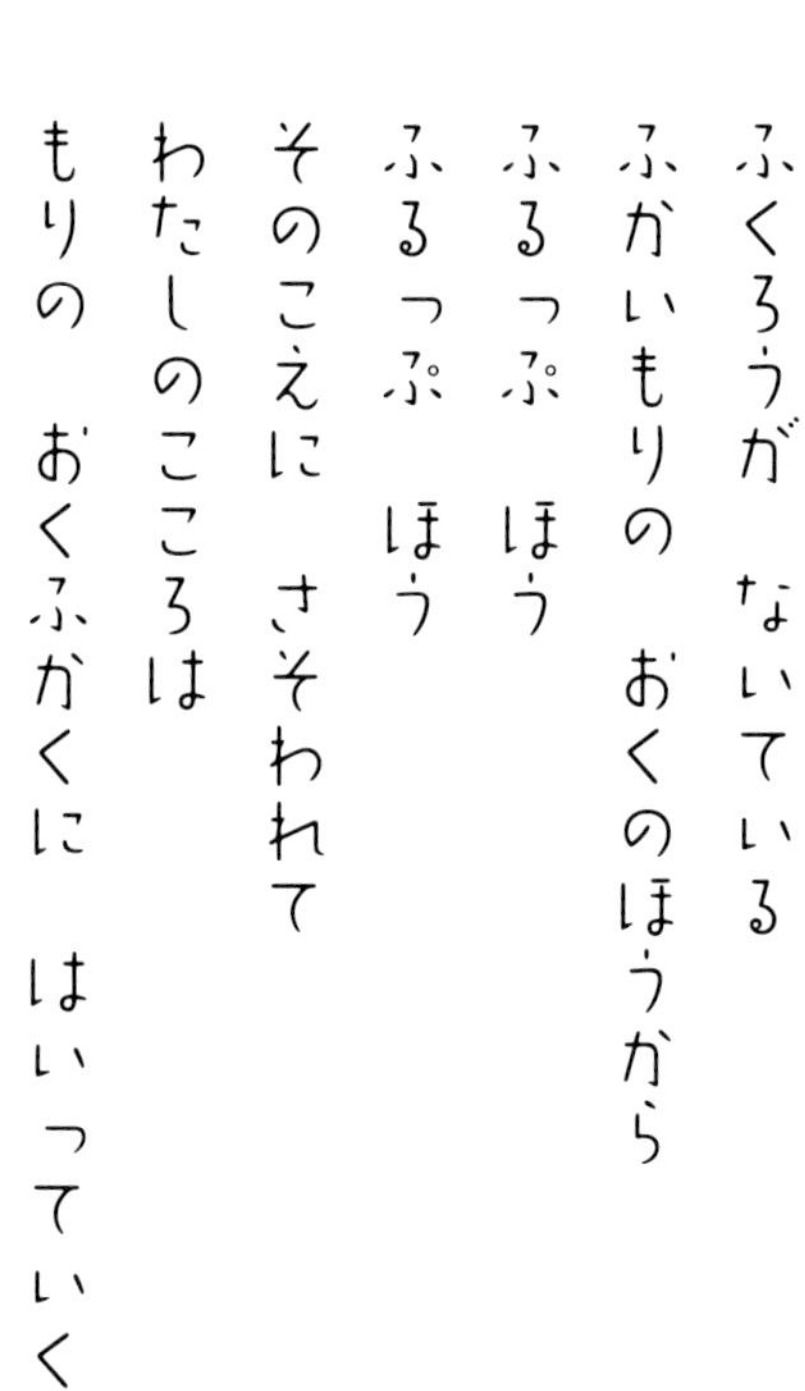

ふくろうが　ないている
ふかいもりの　おくのほうから
ふるっぷ　ほう
ふるっぷ　ほう
そのこえに　さそわれて
わたしのこころは
もりの　おくふかくに　はいっていく

よるは　ふくろうの　こえのところだけ
ほのかに　あかるい
ふるっぷ　ほう
ふるっぷ　ほう

そのこえは　よるを　ひらき
わたしのうまれるまえの
とおい　じかんのむこうへ
さそう

オオデマリ

雨　雨　雨
きょうも雨
いつしか庭のみどりは　空にとけ出し
空も　みどり
雨も　みどり

キェロ　キェロキェロ
蛙(かえる)が鳴きだした
わたしも心も　みどりにそまり

そんな庭に
オオデマリの花が咲いた
まわりの　みどりに　そまりもせず
まっ白に

うつぎの花

今日も雨が降っている
森の小径に　うつぎの花が咲いた
かすかに　微笑（ほほえみ）をたたえ
はずかしそうに
まぶしそうに

あの人はいつも　わたしを
ひかえ目に見て
目を合わすまえに　目をふせた

わたしは　それがどうしてなのか
わからなかった

それがやっと　わかった日
きゅうに胸が　ときめいた
うつぎの花が　咲いていた小径
けれども　季節は夏へ向け
ゆっくりと流れ
あの人と出会うことは　もうなかった

茗荷(みょうが)の花

深い谷の薮(やぶ)かげに
人知れず咲き
人知れず散る
茗荷の花
ひそやかな白い花の下に
今年も　こんなにかぐわしい　実がなった

茎や葉に　すっぽりとかくれ
この花に気づく者は　だれもいない
訪ねる者だけが知っている

愚直(ぐちょく)に生きるとは
こういうことか
訪ねてくれる人のために咲き
訪ねてくれる人のために稔る

のっぽ榎（えのき）

町一番の　のっぽ榎
町じゅう　どこからも見える
旅に出かける人も
旅から帰った人も
かならず　この木を仰いでいく

樹齢六百年
遠い昔から　この地に根を下ろし
立っている榎

太い枝を四方にめぐらし　あたりを見守っている
夏は深い木陰をつくり
秋は金の木の葉を散らし
冬には枝いちめん　雪の花を咲かせ
春は緑の葉を　風にそよがせる

町の人びとの　よろこびも　哀しみも
みんな知っている榎
生まれた日も　入学式の日も
結婚式の日も
みんなみんな　知っている

毎年のように襲う嵐に
枝をおられ　葉をひきちぎられ
倒れそうになったが
それに耐え　よみがえった

町一番の　のっぽ榎
どこからも見える
町の安らぎ　町のほこり　のっぽ榎
太い枝を四方にめぐらし
立っている

はっか草

つゆ空にうかぶ
うす緑のちいさな茂み
その中から　煙るように
小さな花が　いくつも咲いた

「これは　はっか草の花」
幼い日　母はそのつぼみを手折って
私に言った
「はっか草のような人になりなさい」と

顔を近づけると　どの花でもない
きよらかな香りがした
心が引き込まれる　不思議な香りだった

あれから幾十年　私はひたすら生きて
母はもうとっくに　この世を去った
「はっか草のような人になりなさい」
私はついに　そのような人には　なれなかったが
その声だけは　今も
私の中で
気高く香っている

あとがき

私は二十五年前から滋賀県の甲賀の山里に住んでいる。簡潔で質素、欠乏の暮らしのなかに、今までの都会の暮らしのなかにはなかった喜びがあることが分かってきた。日の出とともに起きだし、日の入りとともに眠る。家の裏の四百坪あまりの畑には、果樹や野菜や雑草とともに、虫やもぐらや蛇といった生きものが共生している。私はそれらの領分をできるだけ荒らさないように、畑を耕している。野菜や果物の三分の二は、私がいただくが、三分の一は彼らに食べてもらう。森には小鳥やリスやうさぎ、鹿、サルなどがいて、私はいつも彼らの言葉に耳を澄ます。谷川の水も流れる雲もまた私の友達である。

このたびの詩集はその多くをこれらの山や森や畑の動植物から素材をもらってきた。詩は感動の表現であるが、その感動は、それら動植物とのいのちの共感から生まれてくる。いや、彼らが語りかけるいのちの言葉が、私のいのちに感動をよびおこし、その言葉をそのまま書きとったものと言ってよい。
このたびの詩集は、シンプルで美しい本という私のねがいを、竹林館の社主・左子真由美さんが快く引き受け、かなえてくださったもので、その出来ばえに心より感謝している。ありがとうございました。

二〇二一年五月　　　野呂　昶

野呂　昶（のろ さかん）

1936年、岐阜県生まれ。主に少年詩の世界で活躍中。絵本もてがけ、古典文学の研究・執筆にも余念がない。詩集に『ふたりしずか』『おとのかだん』『いろがみの詩』『銀の矢ふれふれ』など、絵本に『ふくろうとことり』『こわれた1000のがっき』などがあり、国語教科書に多くの作品が上載されている。

詩誌「ポエムの森」主宰。日本児童文学者協会・日本文藝家協会会員。

野呂(のろ)　昶(さかん)詩集
森のなかで　すきとおる

2021年6月10日　第1刷発行

著者　野呂　昶
発行人　左子真由美・発行所　㈱ 竹林館
〒530-0044 大阪市北区東天満2-9-4　千代田ビル東館7階FG
Tel　06-4801-6111　Fax　06-4801-6112
郵便振替　00980-9-44593 URL http://www.chikurinkan.co.jp
印刷・製本　モリモト印刷株式会社
〒162-0813 東京都新宿区東五軒町3-19

ISBN978-4-86000-448-4　C0092